रहो तुम नक्षत्र की तरह

कविता-संग्रह

रज़ा फ़ाउण्डेशन | THE RAZA FOUNDATION

रहो तुम नक्षत्र की तरह

ओड़िया कविताएँ

मोनालिसा जेना

अनुवाद

दुष्यन्त

राजकमल प्रकाशन

रज़ा पुस्तक माला : कविता
प्रधान सम्पादक : अशोक वाजपेयी | सम्पादक : पीयूष दईया
राजकमल प्रकाशन प्रा.लि. और रज़ा फ़ाउण्डेशन का सह-प्रकाशन

ISBN : 978-93-88183-82-6

मूल्य : ₹150

पहला संस्करण : 2018

प्रकाशक : राजकमल प्रकाशन प्रा. लि.
1-बी, नेताजी सुभाष मार्ग, दरियागंज
नई दिल्ली-110 002

शाखाएँ : अशोक राजपथ, साइंस कॉलेज के सामने, पटना-800 006
पहली मंजिल, दरबारी बिल्डिंग, महात्मा गांधी मार्ग, इलाहाबाद-211 001
36 ए, शेक्सपियर सरणी, कोलकाता-700 017

वेबसाइट : www.rajkamalprakashan.com
ई-मेल : info@rajkamalprakashan.com

मुद्रक : यश प्रिंटोग्राफिक्स
नोएडा-201301 (उत्तर प्रदेश)

RAHO TUM NAKSHATRA KI TARAH
(Poems) by Monalisa Zena
Translated by Dushyant

आमुख

कलाओं में भारतीय आधुनिकता के एक मूर्धन्य सैयद हैदर रज़ा एक अथक और अनोखे चित्रकार तो थे ही उनकी अन्य कलाओं में भी गहरी दिलचस्पी थी। विशेषतः कविता और विचार में। वे हिन्दी को अपनी मातृभाषा मानते थे और हालाँकि उनका फ्रेंच और अँग्रेज़ी का ज्ञान और उन पर अधिकार गहरा था, वे, फ्रांस में साठ वर्ष बिताने के बाद भी, हिन्दी में रमे रहे। यह आकस्मिक नहीं है कि अपने कला-जीवन के उत्तरार्द्ध में उनके सभी चित्रों के शीर्षक हिन्दी में होते थे। वे संसार के श्रेष्ठ चित्रकारों में, २०-२१वीं सदियों में, शायद अकेले हैं जिन्होंने अपने सौ से अधिक चित्रों में देवनागरी में संस्कृत, हिन्दी और उर्दू कविता में पंक्तियाँ अंकित कीं। बरसों तक मैं जब उनके साथ कुछ समय पेरिस में बिताने जाता था तो उनके इसरार पर अपने साथ नवप्रकाशित हिन्दी कविता की पुस्तकें ले जाता था : उनके पुस्तक-संग्रह में, जो अब दिल्ली स्थित रज़ा अभिलेखागार का एक हिस्सा है, हिन्दी कविता का एक बड़ा संग्रह शामिल था।

रज़ा की एक चिन्ता यह भी थी कि हिन्दी में कई विषयों में अच्छी पुस्तकों की कमी है। विशेषतः कलाओं और विचार आदि को लेकर। वे चाहते थे कि हमें कुछ पहल करना चाहिये। २०१६ में साढ़े चौरानवे वर्ष की आयु में उनकी मृत्यु के बाद रज़ा फ़ाउण्डेशन ने उनकी इच्छा का सम्मान करते हुए हिन्दी में कुछ नये क़िस्म की पुस्तकें प्रकाशित करने की पहल *रज़ा पुस्तक माला* के रूप में की है, जिनमें कुछ अप्राप्य पूर्व प्रकाशित पुस्तकों का पुनर्प्रकाशन भी शामिल है। उनमें गांधी, संस्कृति-

चिन्तन, संवाद, भारतीय भाषाओं से विशेषतः कला-चिन्तन के हिन्दी अनुवाद, कविता आदि की पुस्तकें शामिल की जा रही हैं। सभी पुस्तकों पर रज़ा साहब और उनके समकालीन मित्र चित्रकारों आदि की प्रतिकृतियाँ आवरणों पर होंगी।

भारतीय भाषाओं की विचार-सम्पदा, सृजन-सम्पदा, कला-चिन्तन आदि हिन्दी में लगातार प्रस्तुत करना *रज़ा पुस्तक माला* का एक ज़रूरी हिस्सा है। सौभाग्य से हिन्दी में दूसरी भाषाओं के प्रति खुलेपन और ग्रहणशीलता की लम्बी परम्परा रही है। हमारा प्रयत्न अपने समय और परिसर में इस परम्परा को सजीव-सशक्त बनाने का है। मोनालिसा जेना ओड़िया की समकालीन कवयित्री हैं : उनकी कविता की सहज ऐन्द्रियता और निर्भीकता, प्रेम का उनका निस्संकोच अन्वेषण, परम्परा से उलझने का उनका जीवट आदि ऐसे गुण हैं जो उनकी कविता को, कई अर्थों में, विशिष्ट बनाते हैं। उनका हिन्दी अनुवाद में यह संग्रह हम सहर्ष प्रस्तुत कर रहे हैं।

अशोक वाजपेयी

अक्टूबर २०१८, नयी दिल्ली

अनुवादकीय

यूँ तो मेरी स्पष्ट राय है कि ख़ुद कविताएँ ही किसी कविता की किताब का परिचय होती हैं, चाहे वे अनुवाद में भी क्यों न हों! इस किताब का भी पहला परिचय अच्छी कविताएँ ही हैं।

मोनालिसा जी से मेरा परिचय पहले दिन से लेकर आज तक केवल उनके लेखन के ज़रिये ही है, उनसे आज तक रूबरू मुलाक़ात नहीं हुई है! लगभग एक दशक होने को है, जब मैं अख़बार डेली न्यूज में फीचर एडिटर था, उसके साहित्यिक पन्नों के लिए हिन्दी से इतर भारतीय भाषाओं की रचनाओं को ढूँढ़ा करता था, अनुवाद करवाता था, इसी जद्दोजहद में मोनालिसा जी से परिचय हुआ और सबसे पहले कायल हुआ उनकी लेखन-कर्म को लेकर संजीदगी का। फिर उनके लेखन की विशिष्टताओं (कंटेंट, फॉर्म और कंसर्न तीनों स्तर पर) ने उनके लिए आदर और सम्मान की वो जगह मेरे जेहनो दिल में बनायी है जितनी अपनी ज़िन्दगी में कम ही रचनात्मक लोगों को अब तक दे पाया हूँ। उनके पूरे लेखन या बेहतर होगा कि यूँ कहें कि उनकी लेखन शैली में एक बात बहुत ख़ास है, उसमें भारतीयता है, ज़मीन की निजता है, और यह सुगन्ध बहुत ऑर्गेनिक ढंग से उनके यहाँ आकार लेती है।

उनसे शायद पहला परिचय कहानीकार के तौर पर हुआ था, तो वे मेरे लिए समकालीन हिन्दी कहानियों के मुहावरे से इतनी अलग थीं कि मैं उस स्वाद को भूल ही नहीं पा रहा था, सबसे बड़ी बात उन कहानियों में सुघड़ क़िस्सागोई या कहानीपन था जो इधर की हिन्दी कहानियों में, मुझ अकिंचन की राय में, प्रयोगों की अन्धी दौड़ में कहीं पीछे छूटता दिख रहा था, (आज, यह अवसर उनकी कहानियों की बात करने का नहीं है), फिर जब मोनालिसा जी की

कविताएँ पढ़ीं तो पता चला कि कविता में तो उनकी दख़ल कहानियों से भी ज़्यादा मानीख़ेज़ है, बुनावट कहीं ज़्यादा महीन और संजीदा है।

उनकी कविताएँ तथाकथित मुख्यधारा की भारतीय कविता या तथाकथित बड़ी बहन हिन्दी की कविता से अलग हैं कि मुझे किसी फैशनेबल या विदेश से आयातित विमर्श की छाया से सर्वथा मुक्त लगती हैं। उनकी कविता जितनी प्राचीन है, उतनी ही आधुनिक, यानी जितनी भूतकाल में पीछे जाती है, उतनी भविष्यकाल में आगे भी, कवि के तौर पर यह साधना और अर्जित करना बहुत विरल तथा कठिन उपक्रम है। वे कवि के तौर पर बहुत साहसी भी हैं, असम्भव क़िस्म के जोख़िम भी लेती हैं, और अक्सर अपनी सीमाओं को ख़ुद तोड़ती-फोड़ती चलती हैं। इस संग्रह की प्रासंगिकता और अहमियत बताने का एक तरीक़ा यह भी हो सकता है कि इन कविताओं के अनुवाद ने एक कवि के तौर पर मुझे भी ग्रो करने में मदद की है, मैं शायद अब पहले से बेहतर कविताएँ लिख पाऊँगा।

इस किताब की कविताओं के अनुवाद की प्रक्रिया भी विरल ही रही है। कुछ कविताओं के हिन्दी अनुवाद थे, जिनसे न वो सन्तुष्ट थीं, और न मैं, उन्हें लग रहा था कि जो मैंने अपनी कविताओं में कहा है, वह तो इन अनुवादों में है ही नहीं। और मुझे उन अनुवादों में न तो भाषा का प्रवाह दिखा और न ही काव्यात्मकता। उनमें से कुछ कविताओं को सुधारने की कोशिश की तो लगा कि ये तो नया ही अनुवाद हो गया, फिर हम दोनों यानी मूल कवि और अनुवादक को लगा कि इस अनुवाद को भूलकर नये सिरे से करते हैं, मैं स्वीकार करता हूँ कि इस बीच में ओड़िया भाषा से मेरा एक रिश्ता बनना शुरू हो गया था, यह भाषा मुझे संस्कृत के क़रीब लगी, ओड़िया की ध्वन्यात्मकता मुझे प्रिय लगने लगी, शब्दों के साथ एक अपनापन हो गया। मोनालिसा जी फ़ोन पर ओड़िया में कविता पढ़तीं तो मैं ज़्यादा समझ रहा था, बजाय किसी और भाषा की मध्यस्थता के, और मैं क्रमश: ओड़िया सीखता चला गया। इस लिहाज से लगता है कि ओड़िया की अगली किताब के अनुवाद की प्रक्रिया पूरी होने तक ठीक-ठाक ओड़िया बोलने लगूँगा।

इन कविताओं को पढ़ते हुए आप पायेंगे कि ओड़िया के कितने ही ऐसे शब्द हैं जो हिन्दी में बहुत कम इस्तेमाल होते हैं, लगभग नहीं ही होते हैं, पर जिनका उद्‌गम संस्कृत है, मेरा आग्रह रहा और मोनालिसा जी ने भी उसे सहर्ष स्वीकार किया और नतीजा यह हुआ कि हमने उन्हें हिन्दी में सायास

बनाये रखा, कमाल यह है कि वे अटपटे नहीं लगते और कविता में मरकतमणियों की तरह झिलमिलाते हैं, और मूल भाषा की सुगन्ध भी पाठक तक पहुँचाते ही हैं।

आपको यह जानकर हैरानी हो सकती है कि तीन साल तक लम्बे-लम्बे अन्तरालों (कई बार महीनों-महीनों के) के साथ घण्टों फ़ोन पर मोनालिसा जी से संवाद ने इस अनुवाद को सम्भव बनाया है! हम दोनों ने अपने-अपने जीवन की बाक़ी जिम्मेदारियों, आपाधापियों और कामों के बीच इसके लिए उत्साह और ऊर्जा को बनाये रखना इस विश्वास से ही सम्भव था कि प्रतिफल के रूप में एक अच्छा काम कर पाने की तसल्ली और सुकून मिलेंगे।

अनुवादकीय में उनकी कविताओं के हवाले देकर कोई बात नहीं कहूँगा, कविताओं का रसास्वादन कीजिए, इसमें जो कुछ अच्छा आप तक पहुँच रहा है उसका पूरा श्रेय कवि को है, मैं इस किताब का निमित्त कारण हूँ, और, बेशक इसमें जो कमियाँ हैं, सब मेरी हैं।

रज़ा फ़ाउण्डेशन ने इसे पाठकों तक पहुँचाने का निर्णय लिया, यह क़दम पाठकों और अन्ततः भारतीय भाषाओं के कविता संसार के हित में है। अशोक वाजपेयी जी का मेरी लेखन-यात्रा में अतिरिक्त स्नेह मुझ पर रहा है, उनके लिए क्या कहूँ! पीयूष दईया बहुत सहज, सजग और विरल सम्पादक हैं, उनके बिना इस किताब का अन्तिम गति तक पहुँचना मुमकिन ही नहीं था।

जब ये किताब छपने जा रही है, कुछ ही दिन पहले मेरे पिता दुनिया से गये हैं, मुझे लगता है कि उनके रहते यह किताब आती तो यक़ीनन उन्हें प्रिय लगती, वे मुझ पर आशीष की अतिरिक्त वर्षा करते! अनुवादक के रूप में यह किताब मैं उनकी याद को समर्पित करता हूँ। अब, मेरा पुत्र विराज बड़ा होकर इस पर गर्व करेगा, ऐसी मुझे उम्मीद है।

दुष्यन्त

जुलाई २०१८, मुम्बई

क्रम

मार्च में मानसी

अप्रैल इतना नहीं
मार्च तोड़ देता है मानसी का मन
प्रेमी के पास समय कहाँ
कि तोड़ लाये पलाश और कुसुम
दिखायेगा नदी के किनारे अल्तमश फूलों के फानूस
सुनायेगा साल वन में
निर्बाध निर्जन गीत
ले जायेगा जाना-माना विदेशी चॉकलेट

प्रेमी के पास समय नहीं बिल्कुल
एक दिन, एक सप्ताह रुक जाओ मानसी
ख़त्म हो जाने दे
हिसाब का अन्तिम परिणाम
आयकर का जंजाल
रिश्वत समेटने का लग्न
मुझे फ़ुरसत नहीं
तुम्हारी निद्रा भंग करने की
मध्यरात्रि या मध्याह्न में
तुम कहाँ समझोगी
मेरी व्यतिव्यस्तता* का समय
एक आने का युग नहीं रहा अब

---

* बहुत व्यस्त

करोड़ों का समय है
तुम्हारा अभिमान लगता है
बच्चों जैसा
मानसी तुम तो नहीं सीखी नचाना
चाबी का गुच्छा आँचल में बाँधे
निन्यानवे नागरों का नशा
नाग नागिनी का नाच नाचेंगे मानसी
अप्रैल में बनूँगा फिर दक्षिण नायक

मेरी प्रियतमा ठहर जरा
मार्च का महीना बिल्कुल नहीं है
मन देने या लेने का।

बारिश की फ़रमाइश

—कहाँ हो तुम? और किस मुद्रा में?
—लाइब्रेरी में, चुपचाप रोमांटिक कविताओं के भग्न स्तूप के भीतर

—आह! बादामी रंग की किताबों की सुगन्ध
और मेरी निश्छल, पढ़ाकू प्रेमिका!

—क्या वहाँ पर भी है बारिश? यहाँ पर खिड़की के शीशे धुँधले हैं कई वर्षों से
फिर भी दस्तक दे कर बुलाती है निर्झर

और मैं भी बेचैन हूँ—काश! तुम होते! एक साथ पढ़ते
ऊँची छतों पर लगे पंखे बिखरा देते
ऊष्म, आर्द्र, अलिखित पृथ्वी की श्रेष्ठ कविता...

तुम ये सब नहीं जानती
तो फिर क्यों बहलाती हो?

—क्या नहीं जानती मैं? उन लम्बे रास्तों से पैदल आयी थी और
बिखरे हुए थे उन पर
हमारे सारे सुख-दुख के प्रतीक

लाल, पीले, बैंगनी और ईषत् गुलाबी पँखुड़ियों में
पहली बारिश की सुगन्ध
कोई भी गूँथ पायेगा प्रेम की पुष्पमाला
इतनी लम्बी कि पहुँच सके सीमाहीन प्रशान्त महासागर तक

—क्या प्रेम आता है पुस्तकों के अन्तराल में?
कालिदास के 'उत्तरमेघ' या फिर 'पूर्वमेघ' में??
क्या प्रेम की सुगन्ध किताबों की सुगन्ध है?
प्रेम भटकता रहता है सिलेबस के बाहर

—मुझे अच्छे लगते हैं तुम्हारे ये अल्प अल्प गल्प
सहपाठियों का सन्देह
और लाइब्रेरियन की रोक-टोक
तुम तो अब तरंगवाहक हो
इन्द्रजाल और अलौकिकता के

—और तुम्हारी किताबों की कतार की आड़ में
सिसकियाँ लेकर मरता है प्रेम
—उठ जाऊँ! बूँदाबाँदी हो रही थी
अब भी घने बादल हैं पूर्व दिशा में
मेरे अन्दर एक पुलक लहर सी उतर रही है,
हारमोनियम की छटपटाहट और पैरों में
उत्तेजनाजनित लय

—उस बारिश को देखो,
वनफूलों में ढूँढ़ो
कभी-कभी किताबों के मोह से बाहर आओ

जंगल में, आदिवासी गाँवों में
जहाँ नहीं मिलती हो बिजली, न मिलता हो राशन, तेल
उस असीम अँधेरे में प्रेम जीवित रहता है

—छतरी भी नहीं लायी, अगर तुम होते तो पैदल चल कर जाते
लाइब्रेरी से बस स्टॉप तक
और उस अँधेरे मोड़ तक भी,
जहाँ अदृश्य हो जाते हैं
सारे रास्ते कोहरे में

—बड़ी आयी जाने वाली!
पाँच मिनट भी रुक नहीं पाती हो इन सब में
बोर हो जाती हो,
तुम्हें नहीं भाता ये प्रेमाभिनय

—जानते हो? इस साल की यह पहली बारिश है
—तुम्हारे चेहरे पर भी बारिश की बूँदें!
पागल मत बनो, बुखार आ जायेगा

—भीगी मिट्टी की सुगन्ध नहीं पाती लेकिन
सारे रास्ते चौड़े और कंक्रीट की कारीगरी
स्थूल, रुचिहीन
नये ज़माने का अजस्र दिखावा स्थान और समय का

—तुम क्या अब फुटपाथ पर?

—तुमसे बात करते-करते किताबें नीरस लगती हैं

धर्माचरण या पूजा–पाठ से और भी अधिक अर्थहीन

—जो बोलना नहीं आता है
वो कोशिश भी क्यूँ

—रास्ते के इस तरफ़ घने और हरे पेड़
—वहाँ पर एक बरगद का पेड़ था
—अभी उसकी शाखायें बारिश में भीगी हुई हैं
लाल रंग के फल लगे हैं

—तोते वापस नहीं आते हैं आजकल?
वो नारियल वाला है?
स्मृतियाँ अभी धुँधली हैं
बीस साल पुरानी
—पके हुए जामुन के लिए रास्ते से उतरी
—तुम फल को देख रहे हो, शाखाओं को नहीं!
उसमें दो चिड़ियाँ
उड़ आयी हैं उपनिषद् से
—बस नहीं, अब रुकना ही पड़ेगा
किन्तु उस तरफ़ तुम्हारा फ़ोन
क्या अहमदाबाद से?

—तुम्हें क्या? तुमसे तो होता नहीं
अश्लील शब्द सब कहोगे स्तोत्रपाठ की तरह
—और आज एक कविता जन्म लेगी

—मेरी शुभेच्छा रहेगी

बारिश यहाँ भी
तुम्हारी तरह मात्ताल* बना रही है...।

---

* मदमस्त, नशे में चूर

यह तस्वीर नहीं

तुमसे मिली
तो लगा मुझे
कि कितना सुरक्षित था मेरा निविड़ एकान्त

कितनी शीतल हैं मेरी रातें
कितनी प्रिय लगने लगीं, तुमसे हारीं
मेरी मनमानियाँ।

अब आँखें खुल जाती हैं रात को अचानक
आविष्ट हो जाती हूँ तुम्हारे अवर्तमान*
और रात बीत जाती है निष्पलक
सिहरित शोक में डूबी सुबह
उसके बाद प्रतीक्षा
निःशब्द अभिमान, केवल प्रतीक्षा

नाबालिग़ जैसा
तुम अब भेंट देते हो मुझे कुछ स्निग्ध स्पर्श
तुम्हारा मजबूत और निरन्तर आलिंगन
याद आते हैं बार–बार
देखो अब

---

* अब अनुपस्थिति

तुम एक तस्वीर नहीं, स्वप्न नहीं, प्रतिबिम्ब नहीं
तुमसे मिलने के बाद
कुछ बातें चिरस्थायी रहती हैं।

वादा करो

ओस की बूँदों जैसी अस्पष्ट
है यदि मेरी परिभाषा
आज फूलों की फूलों से बुनी गयी हो
तुम्हारे लिये एक चुम्बक-सी चादर

कल तुम कहोगे
कितना गहरा ठहर सकता है
वह सौम्य आलिंगन
मिलन से भी मीठा यही विरह

मेघ के सोपानों पर
और कौन चल सकता है, बताओ तो,
प्रेमी के अतिरिक्त ?

स्वप्न का अनुसरण शर्तहीन
अस्तित्व तुम्हारा
कौन छू सकता है छह मंज़िली इमारत की छाया में
स्वप्न-मानसी का हाथ बारह साल बाद
अप्रत्याशित एक पूर्णिमा की रात्रि में ?

वादा करो
कल नहीं रहेगा जैसे

एक उदास मेघ।
तुम्हारी असहायता—न बने जैसे
मेरा अन्तिम सम्बल।

संलाप

कैसे हो इन दिनों?
मेरा यायावरी जीवन तीस साल का
निरन्तर परिक्रमा दक्षिण गोलार्ध में
और अब मैनहट्टन में अल्पविराम :
आती है मुझे कभी-कभी तुम्हारी याद—
पहाड़ों के साये में बसे एक छोटे-से गाँव में
सूर्यास्त की लालिमा में
वो छोटी बच्ची की हिरणी आँखों में चमकती किरण

कमर तक लम्बी केशराशि
और मधुमालती पुष्प जैसी कमीज़।

क्या मैंने कभी तुमको बातें करते हुए सुना था?
कैसे सीखे इतने शब्द और उन पर नियन्त्रण
इतना मधुर कैसे है तुम्हारा स्वर?
ठीक तुम जैसा कोई मिला था मुझे
कभी पारस देश में
खजूर के बग़ीचे के आख़िरी मोड़ पर
टिमटिमाते हुए दीप वाले घर में
उस समय मेरी उम्र तुम्हारे जितनी थी
मैं घर बसाना चाहता था
तुम भी याद आयी थी उस समय

क्या तुमसे मैं कह सका अपने हृदय की बात?
या रह पाया तुम्हारी गली के आसपास?

इसके बाद मैं चला जाऊँगा लखनऊ
और, फिर एक दिन अंटार्कटिका
तुमसे मिलने की तीव्र आकांक्षा है मेरी।
एक मधुर झील की सुगन्ध उभरती है तुमसे
एक जंगली झरने की तरह।
अपने बीच
एक याद का विस्तार है
जिसका अर्थ अबूझ रहस्य है मेरे लिए।
कभी-कभी कामना करता हूँ
कि तुमसे मैं बात कर सकूँ
या फिर पत्र लिखूँ
तुम्हारे निषिद्ध पते पर।

इस बीच, ये हुआ है
कम से कम तीन सौ बार
और, इससे ज़्यादा ख़ुद को रोका है—
क्या तुम विश्वास करोगी
अभी लौटकर
तुमसे मिल रहा हूँ,
अपने गोलार्ध में, मानसी!
किसी दूसरे ब्रह्माण्ड की त्रिकालदर्शिनी जैसी
इतनी अनासक्त हो तुम!

कल मैं नहीं होऊँगी

कहाँ होओगे तुम
कल सन्ध्या
अगर नहीं रहूँगी मैं ख़ुद
अगर हवाई जहाज से उतरने के बाद भी
कोई मेरा फ़ोन न उठाये ?

क्या तुम बार-बार
परखोगे
अपना हृदय
जहाँ मैं आती-जाती रहती हूँ
समय-असमय

क्या करोगे तुम ?
ले आओगे
क्या एक डलियाभर फूल ?
क्या तुम जानते हो ?
मरते समय भी मुझे पसन्द है जूही के फूल
क्या तुम रो पाओगे
सबके सामने ?

मेरी हथेली पर एक दाग़ है जलने का
तुम क्या देखना चाहोगे

सचमुच वो अपरिणत प्रेम
अन्त तक जीवित था या नहीं
तुम क्या उन्हें खोजोगे?

जो लोग नेपथ्य में
क्या सोचते थे मेरे बारे में
मेरी अवर्तमान में

जिनका मेरे प्रति उदासीन, उपेक्षाभाव रहा
क्या तुम उनको विवश करोगे
जैसे वे किसी और को भी न दें
अकाल चिरनिद्रा?

क्या करोगे तुम
अगर मैं ही तुम्हें भुला दूँ
तुम्हारे लौटने तक?

मुद्रा

एक बंगाली कवि वृक्ष की जड़ से
कविता का गठबन्धन कर रहे थे
शब्दों के किसलय...
कविता का अरण्य
भावों का मलयस्पर्श, कविता की छाया
सब बिखर जायेगा
बंजर ज़मीन पर
एक डलिया हृदय के फूल
कविता के

हाथ फैलाये बैठे थे उत्कल के एक शिल्पी—

मैंने कहा—
उन्हीं फूलों से सजाओगे
हमारी सन्ध्या
फूल भी सुने!
तुम मुझे फूलों से भी अधिक एक कोमल स्पर्श से
अवश कर गये थे
कैसे एक चाँदनी रात में!

तुम्हारे निपुण निहाण
बना रहे थे

पत्थर की दीवार पर
उस नृत्यरत मानसी की मनोमयी मुद्रा..!

आँसू भरी रात

कल जो कह दिया था तुमने
भीड़ के बीच में
दोहराया था मैंने उसको
हज़ार योजन दूर
झरते हुए कदम्ब फूलों की एक कातर रात्रि में!

अनुभवी की तेज़ नज़र
ऐसे कैसे पा लेती है
इन्द्रधनुष जैसी शाखा
हिला देती है
और फूल बनकर झड़ता है
मेरे जीवन का सारा प्रेम?

सुने हैं वे स्वर मैंने
थर्राये भी मेरे पैरों के तलवे
मैं जानती हूँ कह देगा वह शेषकथा
अनदेखा करके मैं जो
छुपाऊँगी मेरी व्यथा।
जैसे कोमल एक नीरवता बोलती है
भरता जाता है मेरा आघात
और मेरी निस्संगता।

लेकिन तुमने वचन दिया था
स्वप्न मेरा
दायित्व तुम्हारा

जो तुमने कहा नहीं
इसलिए
इतने मेघ आकाश में
स्पर्शकातर काया
क्या तुमने सोचा
मैं छुपी हुई हूँ
उन अँधेरों में,
तुम्हारी तरह
मैं भी क्या सब बातें कहती हूँ?

वह अन्तहीन हमारे आलाप की मरुभूमि
नहीं है क्या ये मृगतृष्णा?
मिलन की ईषत् कामना?
देखो तुम अब दिखायी देते हो
स्वप्न की तरह खोयी हुई नींदों में...

कहा था तुमने
नहीं रहोगे पास मेरे
कल रात चाँद आया था शेष प्रहर में
उसने परख लिया था
आँसू थे! सारी रात।
वो नहीं था
पहले की तरह।

केवल तुम

अनभ्यस्त उँगलियों के छूने से नहीं छेड़ता
सितार सातवीं सिम्फनी

कुछ बातें रह जाती हैं
जो तुम्हें लौटा देती हैं
बीते हुए सारे दिन
और उनकी अपूर्ण आकांक्षायें...

तुम भी गा सकते हो गीत
प्रथम लहर में
तुम कर सकते हो
तुम सब कर सकते हो
नदी की तरह
बाँध तोड़ कर
बना सकते हो अपना मानचित्र
तुम वही प्राचीन नाद हो
जो टूटता है ख़तरे के संकेत पर

केवल तुम्हीं पढ़ पाओगे
तालपत्र की पोथी की तरह
मेरी
निषिद्ध कविता।

प्रवाल, बालू, शून्यता
सब भीगा सकते हैं
एक उन्मादी सैलाब...।
केवल तुम्हीं समझ पाओगे
'कौड़ी खेल' का रहस्य
तुम्हीं लिख पाओगे
मेरे अनुराग का अन्तिम विज्ञापन।

मैं कह नहीं पाती

रणक्षेत्र,
अरण्य,
बंगाल की खाड़ी,
ब्रह्मपुत्र,
सब जगह पूछा था मैंने
क्या है नियमभंग का नियम?

सहवास की भू-सज्जा क्या बन सकती है
प्रार्थना का पवित्र जनेमाज्* ?
क्रॉस की नक़ल नहीं करता क्या
दायित्वहीन सम्भोग?

एक जीर्ण मन्दिर की दहलीज़ पर
घुटने मोड़कर साथ बैठे थे हम दोनों
और एक साथ उच्चारण किये थे एक दिन
ईश्वर के सहस्त्र नाम

प्रभातीपाखी के सुनहरे पंखों से
हिल गयी थी हरसिंगार की दुर्बल शाखा
मेरे चेहरे पर गिरा ओस का अन्तिम बिन्दु

---

* मुस्लिमों की प्रार्थना करने की चटाई

अचानक मादक चक्रवात की तरह
उसका अप्रत्याशित चुम्बन

उसने कहा,
''बस इतनी!''
जो सुन्दर
जो निष्कलंक
उसकी विषाक्त मृत्यु किसलिए?

मुझे पहना दिये
शालीनता के शृंखल
प्रेम की गुरुगम्भीर बातें,
करता था अनर्गल
मैं कह नहीं पाती थी
एक शब्द भी...

देखो कैसे

देखो कैसे चली जाती हैं मेघमालायें
बिखर जाते हैं कामिनी और शेफाली के फूल
नहीं रहते हैं किसी के भरोसे...

नहीं जानती मुझे कैसे याद रखूँ तुमको
मैं नहीं, इस दुनिया में कुछ भी
मैं जीती हूँ तुम्हारे आसंग के अवगुंठन की तरह
बाक़ी सब अर्थहीन
क्षणभंगुर क्लान्तिकारक

मुझे याद रखोगे किवदन्ती की तरह
गिरिपथ के निर्जन मोड़ पर
तुम सोचने लगोगे
ये अबोध नारी का दुस्साहस
तुमसे मिलने जैसा
रुद्धश्वास के वलय में

मैं बारम्बार याद करती हूँ
वह स्पर्श
जीवाश्म के जीवन्यास जैसा
कोटि चुम्बनों की चिताग्नि
एक जीवन के विनियम में

रह जाती है चिरकाल तक
स्पर्श के स्मृतिलेख की तरह
मेरे होठों पे तुम्हारी कामना
और उसकी अनन्त वेदना।

अभ्रंकष*

उड़ता फिरता है ईगल
अकेले
अकेले
दूरपर्वत से खोजते
दूर दिग्वलय।

मेघों की खड़ाऊँ पहने
बर्फ़ को लाँघते हुए
पंख गिराकर चला जाता है
निस्संग पक्षी।

एक ही अक्षर, एक संख्या
विद्रोह कर उठती है
ईगल की आत्मा
''मैं ही क्यों 'अकेला'?''

जवाब देता नहीं कोई
आदर नहीं करता—
आकाश में उड़ते देख कोई अवाक् नहीं होता...

---

* आसमान की ओर

कौन बधाई देगा उसे?
कौन उपेक्षा कर देगा?
हे ईश्वर!
ईगल की इच्छा आह!
समस्त आकाश
मरु, मेरू, मैदान
अभ्रंकष आदिम अरण्य
ईगल के डैने माँगते हैं
बहुत बड़ा भाग।

ईगल नहीं कर पाता आलेपन
मालती कुन्द की सुगन्ध का
विशाल डैनों में उसके
असीम उद्दाम—

ईगल बूझ नहीं पाता
तुम्हारा हिसाब...।

तुम ऐसे

तुम ऐसे कह देते हो कैसे
हज़ारों ताराफूलों की तरह
प्रतिश्रुति दे देते हो जैसे

तुम तो नहीं जानते हो कभी
मेरे जैसा अगर कोई
अविश्वास कर नहीं पाये
अशेष दिन और अन्तहीन रातों के बीच
अन्तर न जाने, रोये!

देखो,
वचन देती हूँ तुम्हें मैं आज
अनकही कहानी के भीतर
न रहनेवाले सम्पर्क में
तड़पोगे मेरी याद में एक दिन
ऐसी मार्मिक कथायें,
कैसे, नहीं कही किसी ने पहले कभी भी?

ऐसे भी दिन आयेंगे
लौटेंगे वे सब जान लो—
न देने का तय करने पर
नहीं मिलेगी सहेजने के लिए

स्मृति भी मधुर!

छोड़ जाऊँगी तुम्हें वैसे ही,
अकेला... !

सिर्फ़ नामान्तर

तुम्हारा नामान्तर है प्रेम
पारे की तरह झिलमिल
मश्रूण* है तुम्हारा आना-जाना
स्पर्श कर सकते हो तुम मेरे हृदय की सिहरन
और अतिक्रमण कर जाते हो
मेरे प्रतिवादों को
तुम्हें कोई ग्लानि नहीं
जब तुम बहा ले जाते हो मेरे हृदय की अचिर लिपि

मेरा अभिमान, मेरे अनुबन्ध
मेरा अतीत,
तुम्हारे लिए क्षणिक है

मेरा नाम भी है प्रेम
हज़ार-हज़ार मधुमक्खियों के बीच
मैं तुम्हें परख लेती हूँ
रास्ता बता देती हूँ
गुप्त सुरंग में
जहाँ मधुरानी निरापदता दे सकती है
तुम जैसे भँवरों को।

---

* रेशमी smooth

ऐसा एक भी रास्ता नहीं
जिससे पहुँच पाते हो
प्रेम के सिंहासन पर
जहाँ प्रेम निरापद है
स्वप्न में देखा हुआ सा
अंकगणित सा
एक भी शब्दकोश नहीं
जो गणना कर सके प्रेम का भवितव्य।

ग़लत कहा था तुमने
केवल पोशाक बदल कर
लौट नहीं आता
वही परिचित अनुभव
संकेत सब बदल जाते हैं
नये-नये समीकरण में

तुम ध्रुवतारा हो,
मेरे भूगोल में
मेरी सन्ध्या में
एक मात्र प्रकाश-स्तम्भ (लाइटहाउस) हो

तथापि, तुम ही ओढ़ा देते हो
एक निःशब्द अन्धकार में
विपन्न कर जाते हो
बिना किसी अनुसोचना* के।

---

* पश्चाताप

विद्याधरी

विद्याधरी तुम!
हाथ में स्वप्न की आज्ञामाला
होंठों पे प्रार्थना—
''मानसी–मानसी!
वर माँग लो प्रियतमा!

जहाँ कहीं भी रहो,
किसी भी स्थान पर
मैं तुम्हारा सुख चाहता हूँ
सर्वाधिक सुख
आज यहीं पारिजात के घेरे में
मंथन के कितने लग्नों के बाद

आओ तुम, मेरे हाथों में रखकर
विश्वास तुम्हारा।''

मानसी का काँपता हुआ हिया
सिहरित, भीगा–भीगा, कोमल कली का
लौटा लाते हो तुम,
द्वितीय अर्जुन!
पारात्रिक* पारिजात
मर्त्य की मानसी समझती है वह दर्द

---

* पारलौकिक, स्वर्गिक

वही अधिकार
इतना ही सौभाग्य
आर्द्र हो जाता है पंचभूत
संगिनी का आपाद–मस्तक
तपस्या तोड़ दी, ऐसे शालभंजिका की

खोजकर पाया है तुमने
अन्तहीन अपेक्षा के अन्त में
चिरन्तनी प्रेमिका का पत्र
विरल पारिजात की अन्तिम पँखुड़ी
इसी श्रावण में

मानसी के संकेत में
तुम्हारी अपेक्षा में
शेष पारिजात तुम्हारा,
प्रिय–मानसी
कहीं दूरान्त की स्निग्ध छाया के नीचे
मिलती है तुमसे,
प्रवाल द्वीप में पहुँचता है प्रेम का जलयान

प्रियतम! शब्द नहीं मेरे पास—
कामना किंचित् भी नहीं
मिलन–विरहातीत
मैं जैसे विमूढ़ विह्वल
विखण्डित इन्द्रधनुष
प्रेम का यह ताबीज़ तुम्हारा

रहते हो तुम जितने दूर दूर
भेंट होती है मानसी से उतनी भरपूर
नील अन्तःपुर में
प्रगाढ़ आलिंगन करता है
तुम्हारी पाँच उँगलियों का मोह
और लिखता है
प्रणय का अन्तहीन उपन्यास।

दया

सूर्यास्त के रंग की दयानदी
कभी-कभी बुलाती है मुझे
प्राचीन पुल पर पाँव रखना
सिहरित कर देता है।

दो हज़ार वर्षों की अन्तर्दाह
अभी भी खड़ी होती है
धौली की सफ़ेद चट्टानों पर।

सब जानते हुए भी
नहीं पढ़ा जाने वाला धर्म का शिलालेख

शून्यता का अन्तहीन हाहाकार
कोई नहीं सुनता
दयानदी के तल में बहती है
किस की समाधि?
अबूझ, सुबकती कराहती रहती है अभी भी।

जाग जाते हैं काश-फूल
हिमश्वेत पताका की शान्ति शोभा यात्रा जैसे
सहस्त्र वर्ष की मृत्यु वार्षिकी।
आत्मायें अपेक्षा में जड़ बधिर!

अशोक का पुनर्जन्म नहीं
निरुपाय दयानदी
सफ़ेद। शोकाकुल।
कभी-कभी पुकारती है मुझे
बुद्ध मन्दिर का मन्त्र प्रतिध्वनित होता है

लैलिहन* तरंगों में
अमोक्ष्य करुण-लग्न में
कारुबाकी लौटी नहीं...

---

* साँप की जीभ का आग जैसा रंग

अन्तःसंलाप

परसों तुम्हारी भर्त्सना की जिस स्त्री ने
उसने आज मुझे कहा
एक प्रकाण्ड बकुल वृक्ष के नीचे
वह प्रचुर चिट्ठी लिखती थी तुम्हें
तुम जब प्रवास में थे

आज सन्ध्या वर्षा उपरान्त
हठात् ये लगा तुम आज भी लौट नहीं आओगे पार्क में
जहाँ सन्तक रख सकते हो तुम अपना हृदय
जिसका विशेष वर्ण है बैंगनी
इतनी दूर से भी
हमारे सान्ध्य भ्रमण एक जैसे
अभी तक हिम न बना निसंग

एक सुख का दीर्घश्वास

बारिश के हज़ारों मील
हम चलते-चलते अतिक्रम करते हैं
और उज्जीवित रखते हैं उन्माद एक स्पर्श।

तुमने कहा था
तुम मेरे प्रश्वास में

मुझे घेरे शून्यता के भीतर
एक निर्विकल्प अनुभव, तुम मेरी ''चौपदी'' में

कल उसने मध्याह्न में
स्वगतुक्ति की तुम उनके उपद्रवहीन सरल गृहस्थ!
लेकिन मैं मिली,

निश्वास में
कियंदश* जैसी

जो अब नहीं रहा पहले जैसा उसका

जैसे लौट आया क्षणिक होते हुए भी
तुम्हारे अदृश्य आश्लेष में—
एक अनभ्यस्त सुबकी में
मैंने जकड़ लिया उनको अपनी बाँहों में
अनेक वर्षों के बाद उसने पायी तुम्हारी सुगन्ध
एवं मैंने पहचानी तुम्हारी अकपट ग्राहॅपत्य**

मैंने सुना, नरम शाखायें टूट पडीं
और ज़मीन पर लेट गये चन्दन के हल्दिया फूल

मैं क्या पागल हो गयी थी जैसे तुमने कहा?
मैं क्यों अड़ बैठी थी तुम्हारे सान्निध्य के लिए
ठीक उसी सन्ध्या?

---

* किंचित् ** गृहस्थ का जोड़े सहित पवित्र हवन

मेरी गोद में शायद लोरी

ना हारने वाली
तुम्हारी बाँहों में
क्या है सचमुच 'वराभय'* मेरी ?

---

* अभय रहने का वरदान

हृदय

देहरी पर खड़ी थी मैं
कि तुम आये
एक मृदु स्पर्श की तरह
सुगन्ध बनकर
जैसे आता है नेह
एक झलक की तरह
अनदेखा नहीं कर पाते

मेरे घर पर अँधेरा था
तुम वंचित थे
मैं चाहती थी, तुम एक प्रदीप बनकर रहोगे
नैवेद्य की तरह पवित्र,
आलोकित।

प्रेम को बाँधा नहीं जा सकता
आता है, जाता है
तेज़ हवा की तरह,
एक स्फुलिंग की तरह।
आवश्यकता है केवल एक आधार की
जो छुपाकर रख पायेगा
प्रेम की कठोरता और उसका छद्मवेश।

तुम्हारी तरह अनेक
छोड़ गये हैं अन्धकार
मैं हूँ वहीं पर,
आया नहीं कोई पुरुष
जो बदल सके है मुझे।
समय असमय नहीं
प्रतीक्षा में क्लान्ति भी नहीं।

तुम मुस्कराकर चले गये
सोचकर, छल कर गये
तुम भी मेरे लिए एक स्मृति हो
विभूति सम
पथप्रान्त के देवालय जैसा
मैं एक विश्वास हूँ
आ सकते हो
जब चाहो, तब।

विस्मृत भाषा

तुम्हारा मेरा एक अलग अभिधान
हमारी भाषा समझने वाले लोग
बहुत ज़्यादा नहीं रहे अब

बीच-बीच में मृदु स्पर्श बनकर
हमारे आलाप के अन्तराल में जो शब्द सब
तुम्हारी आँखों में मेरी लज्जा में
तुमको लिखकर भी,
न भेज पाने वाली चिट्ठी पर
और तुम्हारा सँजोग न होने वाले दूरभाष में
रुद्ध—
वही सांकेतिक सारे शब्द—
जिस भाषा का अर्थ, उद्देश्य
आश्चर्यजनक रूप से जीवित है
कई शताब्दियों से विस्तारित
अपरिमित जलराशि, अज्ञात मरुभूमि के भीतर
गोपनीय प्रणय इतिहास के लेखपत्र में
एक एक क्षति-पूर्ति की तरह

तुम समझ पाते हो मेरे अगम्य सुन्दर वन
जान पाते टूटने से पहले का मेरा मन
मैं चाहती हूँ

मैं जैसी हो सकती हूँ
तुम्हारे प्यार की एक अपार्थिव अमानत

वे समस्त शब्द
जो एक दिन
एक सभ्यताहीन भूगोल में
निर्जनता की प्रतिध्वनि देते हैं

वह विस्मृत भाषा
जो मुहूर्त सबका अभिभावक जैसा
एक दिन लौटा ले जाता है
तुम्हारा अभिधान पढ़ने का सामर्थ्य

हमारा अलग अभिधान—
जिस दिन तुम नहीं समझ पाओगे, प्रियतम!
प्रेमहीनता का गोपनीय अभिशाप

एक दिन हो सकता है तिल-तिल दग्ध करेगा तुमको
ध्वंस कर देगा तुम्हारा राजपाट
और पड़ा रहेगा राजपथ की धूल में
तुम्हारा अनावश्यक राजदण्ड!

याद करो,
याद करो प्रियतम!
हमारी वह विस्मृत भाषा
और हमारे मिलन का
मौलिक उत्थान...

तुम्हारे ही हाथों में

हे असाधारण!
केवल तुम्हारे चाहने पर ही
आत्मा भिगोकर अश्रु के आवेग में
मैं बाँसुरी बनकर गीत गाती हूँ।

अगर नहीं तो पड़ी रहती हूँ
अकवि पुरुष को
शुष्क बाँस की लाठी होने तक।

सिमट रही हूँ मैं

कैसे कहूँ अब

डूब जाती हूँ, ये कैसी मादकता है
मेरा और है क्या
पँखुड़ियों से बनी देह
सुगन्ध से भरा मन
अचानक इश्तहार आकण्ठ तृष्णा का

जाओ तो!
सिमट रही हूँ मैं
बिना कह पाये
लाज रे लाज
अब तो जाने दो!

मैं तो जानती हूँ, तुम भी जानते हो
शेषकथा नहीं है और
वे तरंगें, विरल सान्निध्य
पारसमणि जैसा स्पर्श
तुम्हारे हाथों में
बजती हैं निशब्द मेरे पाँवों की मृदु मन्द थिरकन!

मृदंग बजाये कोई

तुम्हारे मेरे शब्दों के बदले
कानाफूसी कर जाता है कोई

यह कैसा संगम अभी
यह कैसा बन्धन
संचरित हो जाता है
आँखें ख़ुद नम हो जाती है
अब तो शिथिल करो
खोल दो ये पिंजरा
उड़ने दो—
जाने दो मुझे
अक्षत रूप में
सब कुछ पूर्ववत्
निश्चिह्न कर दो वे अनदेखे स्पर्श के निशान
आघ्राण करने से भी
न मिलने वाली हो जैसे
तुम्हारी सुगन्ध
मेरे आँखों में न रहे तुम्हारी भाषा
या होठों पर तुम्हारा प्रलेप
अवश बाँहों से जाये
अवसन्न आलिंगन व्यथा।

जाओ तो!
न कहूँगी एक शब्द भी
नस–नस में तुम हो
आकण्ठ नशे में हूँ
राह ढूँढ़ती हूँ मत्त अन्धकार में

संकोच से निःशब्द मैं।

यह कैसा 'पद्मतोला'!
किसका यह तारों भरा रेशमी ओढ़ना
अनुच्चय शब्दों में अब
संगीत की यह कैसी रागिनी?
छू जाता है
अँगुलियों के स्पर्श मात्र से ही
निःश्वास के गम्भीर स्पन्दन में
फिर भी कहते हो तुम,
यह नहीं यथेष्ट?
फिर कब, कहाँ मिलें?
कुछ तो रहने दो अनदेखा!
रहने दो माया की तरह
किंचित् अँधेरा
मेरा समझकर मिलने को
कुछ अपना-सा...!

असमाहित

तुम्हारी निस्संगता से
उदास हो उठता है मेरा हृदय
तुम्हें छूने को
हाथ बढ़ाती हूँ अनजाने में
देशान्तर रेखा के दोनों किनारों पर टूटती लहरें अविराम

सोचो तो!
अगर मेरे प्रेमी होते तुम
क्या वश में कर पाते सातकोसिया खाई के
अतल जल को?
पहाड़ भी झुक जाते हैं वहाँ
पंखहीन मेघमाला
पानी के नीचे, पत्थरों पर होते हैं शिथिल।

मैं भी तो नहीं कर पाऊँगी
बन्द मुट्ठी में तुम्हारे
समर्पित अपने आप को
एक ताज़े फूल की पँखुड़ियों जैसे!

अहर्निश झरते हुए उन
नदी-तटों के शिमूल* के स्पन्दन जैसे

* सिल्क कॉटन का पुष्प

बहती फिरती हूँ
मैं भी अकेली-अकेली
घाटी-रास्तों के घुमावदार सँकरे मुहानों में
कौनसी कस्तूरी जलती है जठर में
मैं ख़ुद भी नहीं जानती—

जानती हूँ तुम सारी रात
पाते मुझे, अपने पास
हृदय के गहरे सपनों में
जैसे अन्तर के मोती जैसा उज्ज्वल धागों में
मैं भी तो आ जाती हूँ, अपनी स्वेच्छा से कई रात
ख़ुद को भुलाकर
तुम्हें ढूँढ़ती हूँ
नक्षत्रों के बीच, बड़ी व्याकुलता से।

सोचो तो!
अगर हम मिले होते
कभी नदी किनारे के अँधेरे में, निविड़ उन्माद में?
सँभाल रहे हो रुद्धश्वास को
क्या मिला पाती मैं
मेरी साँसों में वह उष्मा, वे इप्सित चाँदनी रातें?

तुम्हें उदास करके
आकाश में उड़ जाऊँ अगर
तुम भी कल्पना के काँचघर में मुझे पाते हो
स्वप्न के अनचाहे भग्नांश जैसा

अगर हम मिलते
सम्पूर्ण अजाने, अवांछित की तरह
दुर्लभ एकान्त में अस्वीकार कर बैठें एक दूसरे को?

शायद मैं डूब जाऊँ
अतल खाई में
आँसू पोंछकर लौट जाओगे तुम
एक निष्ठुर संन्यासी की तरह
मेरी सलिलसमाधि के एकमात्र साक्षी।

अगर हुआ विपरीत
तुम मेरे हाथ थामकर
रुक जाने को कहो
विपन्न सुबकियों से,
नीलमाधव की तरह आह्वान करते मुझे
अहोरात्र, प्रतिमुहूर्त!

तब भी नहीं कर पाऊँगी
नहीं रह पाऊँगी, कोई अंगीकार जैसे
रहो तुम नक्षत्र की तरह
मुझे अपने धूलधूसरित घर में
विलीन हो जाने दो!

मैं जहाँ भी रहूँ

तुम अगर प्यार नहीं करते मुझे
कहो, और कौन प्यार करता मुझे
तुम्हें याद नहीं क्या
सुपर मार्केट का वह कोलाहल
और लिफ्ट में जाते समय
क्रमशः अस्पष्ट होता जा रहा था मेरा स्वर
तुम चीत्कार कर रहे थे
हमारी भाषा में
एक प्रार्थना जैसे माँग रहे थे
हमारे पुनर्जन्म की दीर्घ परमायु

सौ-सौ लोगों की अनवरत प्रवाहमान छवियाँ
पिघल जाती थीं छायाएँ
तैरते हुए आते थे चेहरे
कोई नहीं चाहता था एक नियमित वास-भूमि
सुपर मार्केट की मरीचिका में अन्ततः

अकस्मात् अनुभव हुआ तुम्हारा निश्वास
एक अस्थायी हिलोर जैसे
और घूम रहा था मेरे चारों ओर
जैसे कि तुम सोना चाहते थे
एक मरु-उद्यान के भीतर

और मैं वह मादकता—

जैसे कि मैं एक उपनदी
तुम्हारे लक्ष्यहीन राह की मोड़ पर
अन्त:सलिल सर्वकाले सर्वदेशे

तुम्हारी हथेलियों में बीज सब अंकुरित
तुम्हारी हज़ार उँगलियाँ
मुझे सराहते
मैं जहाँ भी रहूँ।

मात्र चालीस दिन

मात्र चालीस दिन
एक–एक क़दम
समर्पण का
गिन–गिनकर बीती हैं रातें
प्रतिपदा से पूर्णिमा,
फिर एक बार, दिशाहीन होने वाली रात।
शब्द कम हो जाते हैं
मुखरित होता है विश्वास।

चालीस दिनों के अर्धाहार
शुचिता और संयम के भीतर
जपमाला की तरह
तुम्हारी प्रतीक्षा
अष्ठ प्रहर।

चालीस दिन पश्चात्
तुम्हें मिलती हूँ
पाँव मेरे ज़मीन पर नहीं रहते
तुम उठा ले जाते हो मुझे
चक्रवात की तरह
मैं बदल जाती हूँ
आषाढ़ के कृष्णचूड़ा में।

चालीस दिनों के शुद्धिकरण
आँखों में स्फटिक-सी स्वच्छता
मैं पकड़ी जाती हूँ
अपनी सरलता से
तुम मेरा आदर करते हो
विनियम में।

अथच, तुम नहीं रुक पाये
एक स्थितप्रज्ञ प्रतिमा की तरह
हृदय के ठीक नाभि केन्द्र में।

चाँद आता है
जाता है—
वर्ष के बाद वर्ष
शतभिषा* की मन्त्रित सन्ध्या में
उस एक दिन का उत्सव।
तुम अधिकार से माँगते हो
चालीस दिनों का विरह।

---

* शतभिषा = तारापुंज

क्या वो नहीं जानते थे?

वो नहीं जानते थे ख़ुद भी
प्रेम के भूमि पूजन के समय
तर्पण करना पड़ता है स्वयं को
उनका मोहभंग
उनके यन्त्रणा के स्वेदबिन्दु में
जीवाश्म हो गये
प्रेम के शतसहस्र नश्वर धूलिकण।

कोई प्रेम नहीं चाहता
नहीं चाहता प्रेम की असम्पूर्णता
फिर भी देखो तो
बार-बार लौट आता है
ऐसे असमय में
कभी-कभी तूफान में
कभी-कभी बारिश की शीतल रात में
बन्द दरवाज़े के अन्दर
संगीत की ताल स्वलय खो देती हैं
एवं जैसे स्वादहीन लगता है
प्रेम की युगल हँसी।

क्या वो नहीं जानते थे
कि सब नहीं आते यूँ ही!

कोई कोई परित्याग कर देता है
मिलन के प्राक् मुहूर्त में?
समस्त विच्छेद में
नहीं होता मिलन का प्रत्यावर्तन।
क्या वो नहीं जानते थे
केवल समर्पण में
खोना नहीं होता है किसी को कुछ भी।

क्या वो नहीं जानते थे
कभी-कभी ख़ुद से सामना करना पड़ता है
पाप नहीं समझे एक दुर्घटना को,
किंचित् कल्पनातीत विनाश को?

न ख़त्म होने वाली दास्ताँ

अकस्मात् अन्तिम अनुच्छेद से ही
आरम्भ होती है न ख़त्म होने वाली कहानी
पहुँचने पर
प्रेम का उत्स माँगता है
अन्तहीन विच्छेद।

बाहर अभी बारिश
शालवन के उड़ते बीज
पतंगों के मादक नृत्य में
नाचती बारिश
पथरीले घास मैदानों में
भीगो नहीं पाती
एक पत्थर की तन्मयता
दीर्घश्वास की तरह
प्रेम की मृगतृष्णा।

तुमसे भेंट न कर पाना
तुम्हें खोजते रहना
तुमको परित्याग करने का अपरिग्रह
मेरे भाग्य की अनिश्चितता!

मैं कौन-सा आकाश चाहती हूँ

ख़ुद नहीं जानती
हृदय की गहनता में
अस्पष्ट हो जाते हैं तारापुंजों के अधिष्ठान
खिलने वाले फूलों की सुगन्ध से
सघन हो जाता है मेरा नम कण्ठ।

तुम निःशेष कर जाते हो मुझे
तुम्हारी निस्संगता के निविड़ आश्लेष में
क्या पाती हूँ, क्या चाहती हूँ
मैं भी अनजान हूँ
सामना करती हूँ विश्वासरहित सान्निध्य में
अपनी प्रत्ययहीन प्रच्छाया को।

आईने के हज़ार टुकड़ों में
तुम्हारा अनुसरण
हज़ारों उपलक्ष्य में
तुम अवाक् हो जाते हो
मेरे विवश मौन में
मुझे बाँधकर नहीं रख पाता
कोई शेषतम परिचय
भुला नहीं सकती किसी भी पते के अन्तःस्वर।

तुम नहीं हो

तुम नहीं हो
कुछ भी अच्छी नहीं लग रहा आज की शाम
तुम्हें बिना बताये
मैं तुम्हें ऐसे ही ढूँढ़ती रहती हूँ
अपना-सा, अपने से भी ज़्यादा स्नेह में
तुम बहुत सुखी होंगे सोचकर
अन्यमनस्क हो जाती हूँ
लगता है कि तुम
जैसे मुझे ही ढूँढ़ते रहते हो
ग्रांड केनियन प्रपात में
ऐसे मिलने की चाहत रखते हो
भुवनेश्वर के कॉफी-हाउस में
बिना किसी शब्द के
बिना किसी इशारे के
मिल पाओगे
बिना किसी भूमिका के

जैसे कोई ले जाता है
मुझे तुम्हारे पास
और स्वागत करते हुए तुम्हें।
उसी हवा में हम उड़ते रहते हैं
निजस्व कुछ न होते हुए भी

कुछ रोमांच लेकर
केवल
तुम मुझे
या मैं तुम्हें
मिल जाने पर ही
जैसे सचमुच जीवन्त हो उठेगा
एक और कब्र का इतिहास!

कहीं, कितने युगों से
हम ढूँढ़ रहे हैं वह नींद
जहाँ निश्वास से भस्मीभूत हो जाते हैं
भिन्न भिन्न परिचय।

विवश

समुद्र जैसी विशाल ब्रह्मपुत्र
निस्तरंग नदीपठा
एक-एक चील उड़ आती है
'कर्म-नाशा' द्वीप से
शंखचील सौभाग्य का प्रतीक।
अथच, तुम्हारे प्यार में
आँसू खुरच-खुरच कर खा जाते हृदय को।

तुम तो जानो, पृथ्वी को पीठ दिखाकर
जीने का साहस
मुझमें नहीं।
मुझे विवश लगता है
सुख और मेरे दुःख के बीच
मैं खड़ी होती हूँ छाया की तरह।

तुम्हारी उँगलियाँ छूकर
कभी-कभी अवतरित होते हैं भगवान
तुम्हारे निष्कपट स्पर्श में भी
दूर हो गया है मेरा दीर्घ-श्वास।
तुम्हें थामकर रखने का सामर्थ्य मगर
मुझमें नहीं
नदी की तरह शायद

समुद्र में विलीन होने का भाग्य मेरा नहीं
एक आबद्ध जलाशय की तरह
मेरी सीमा–बद्धता
मेरा पारदर्शी अस्तित्व।
ईश्वर मेरे अधीन नहीं
मुझे भी अकेला छोड़ जाता है
मेरा स्वाभिमान।

अकृत्रिम

मन करता था लवंगी के उन
चिरहरित पहाड़ों के बीच
गला–फाड़ चिल्लाकर
तुम्हें पुकारती मैं अविराम

तुम्हारा नाम प्रतिध्वनित होता
सुबह–शाम
उड़ जाती सारी चिड़ियाँ
वही बात को कहते–कहते
बादलों के बीच
ध्वनि में, प्रतिध्वनि में
बिखेर देते मेरे परम आनन्द के सब मुहूर्त
तुम्हें लेकर... ।

पहाड़ी रास्ते कूदते–कूदते
छुप जाती
'हाथीदोला' के वही सघन जंगलों में
और आने का इन्तज़ार करती
तुम्हारा रात–दिन, मुझे बचाने के लिए
ऐसा कुछ भी हुआ न था
कभी भी—
हम नीरवता में

कहकर सुना रहे थे
खोजने और पाने के सारे शब्द...
पूर्णिमा के शीतल चन्द्रमा में गहराया था
आवेग हमारा...
एक ठण्डी हवा की लहर—
और आग-सी जल उठी थी निवृत में।

प्यार ऐसा ही है
गोपनीय उचित
तुमने कहा था दोनों के बीच...
सारे जीवन को जीवन्त रखने में समर्थ
वह दुर्लभ आलिंगन
अकृत्रिम।

हम समेट ले रहे थे
वनमल्ली की सुगन्ध की तरह
किसी को न बताकर

झरना नदी बन जाता है एक दिन
निस्तरंग होता
परिव्याप्त होता
इस तरह।

जो जो मैंने चाहा था

जो जो मैंने चाहा था
वो सब वह कर चुका था
नेरूदा की कविताओं का अनुवाद
सुनाना चाहती थी जिस शाम
उस दिन उसने अपनी किताब दी मुझे
उपहार में।

उसे चोट पहुँचाने के लिए
जिस आयुध की प्रतीक्षा में थी
एक दिन वही स्वयं
मेरे हाथों में रखकर चला गया।

उसको एक दिन भी न पढ़कर
जो जो मैंने लिखा था
अलग शब्दों में वो भी वह लिख चुका था।

वह मेरी छाया
या फिर मैं उसकी काया?

बूझ नहीं पाती
कि उसकी कीर्तनमण्डली में नहीं रहूँगी सोचकर
जिस दिन उसकी सभा में

नहीं गयी थी
उसी दिन वह मेरे बरामदे में
पुष्पगुच्छ लिए प्रतीक्षारत था
और उसने कहा, ''न जाने क्यों,
सभायें मुझे भी उतनी अच्छी नहीं लगती...''
ख़ूब विलम्ब हो गया था
मूक मृत देह जैसा
मेरी इच्छायें सब
मेरे भीतर स्थगित रहीं।

एक मुट्ठी धान

हेमन्त का हवन यहाँ
सुवासित अम्लान आकाश
धान-फूलों की मधु चखकर
विरल मिलन की स्वीकृति देते हैं
काशतण्डी* मेघ...
सस्नेह सूर्य आलोक में
लौट जाता है श्रावण।

नुआखाई की भातहाँडी में
प्रथम शस्य का स्वप्न
तुम्हारा स्वेद और सान्निध्य
ललाट पर झिलमिल चन्दन-तिलक
पाँवों में आलता
जूड़े में बैंगनी फूल
हृदय अंकुरित अनागत आनन्द
मैं रहती हूँ प्रतीक्षा की पालकी में।

देखो, छोड़कर आयी हूँ
इतालवी फ़र्शों के मसृण घर
बेल्जियम काँच के महँगे दर्पण
धन से नहीं है मेरा जीवन
महँगे रंगों से रँगी बेदाग़ दीवारों पर

---

* काश का सफ़ेद फूल

पोंछ दी है मेरी अस्वस्ति और
सुबकियाँ

मुझे दो
तुम्हारी सात पीढ़ियों की ज़मीन
ओरी पर झूले जहाँ
वीरबहूटी रंग के लाल शालू में बँधे
तुम्हारी सौ क्यारी धान के वीर्य!
मैं सजा दूँगी आसानी से, फिर से वही उजड़ी हुई विरासत
पहचान पाऊँगी फिर एक बार
अनेक शताब्दियों पुराने वही एक सौ आठ प्रजाति के एक मुट्ठी
धान!

इतना निरीह, निष्पाप
नरम घास का गुच्छा
वचन देती हूँ, सयत्न मैं, रखूँगी खयाल इक्कीस दिन—
सीखाऊँगी हज़ारों घरेलू कामकाज
भित्तिचित्र बनाने, पोडपीठा पकाने की कहानी
लोरी गाते हुए
छन्द में।

कहाँ खो गये हो तुम
वो सुन्दर सुगठित पुरुष!
जिसके स्पर्श-मात्र से मिट्टी बन जाती है सोना
जिसके सिर पर सेहरा शोभा देता है
मैं अब धन नहीं,
प्रेम के विनिमय में चाहती हूँ
एक मुट्ठी धान।

संसार के उस पार

सागरकन्या वो—
मानसी नहीं रखती बाक़ी मन का कर्ज़
सब लौटा देती हैं
कुछ भी नहीं माँगती

अगर तुम पहचान सकते हो
उसके निर्धारित नील-बिन्दु परिधि के भीतर
किसी दुर्लभ क्षण में एक दिन
विनिमय में
चाहो उसे!

दूर दीपशिखा जैसा
जला के उसके अधर में अजला आवेग
पलायन कर जाते हो!
मानसी का गत्यन्तर नहीं
जलती रहेगी वो निशेष शिखा में

आँसू की कणिकाएँ बुझाने के बजाय
चले जाओगे जलाकर वनान्तर की दूब—

नहीं हो सकती वो कभी
एक सोती हुई शिलाखण्ड मात्र

पैर रखकर चले जाओगे तुम
सात सौ बार—

शताब्दियों से खड़ी
तथापि तथास्तुहीना
रक्तमांस बिना
वो केवल निर्वाक् प्रस्तरी;
और देवी माँगे आराधना
सदा सुहागन की अभ्यर्थना

सात सौ साल से उसकी ऐसे ही प्रतीक्षा
मन्दिर सेवा की तरह नहीं
उसकी निर्धारित प्रार्थना की धारा
जिसे वो ख़ुद भी नहीं जानती
किसकी है वह आकांक्षिता
यह किसका है स्वप्न
और किसकी लालसा भी
पृथ्वी की मानवी जैसा,
सब कुछ वह करती है क्षमा
नहीं है आत्मा में उसके आदि-अन्त
प्रेम भी निशर्त उसका।

यदि तुम संसार में हो
इसलिए लाखों शिकायत आज
तुम्हारे भी बहाने बहुत
तो फिर सुनकर जाओ
रहेगा संसार तुम्हारा
न रहेगी मानसी केवल।

मन्त्र

तुम ऐसे क्यों सन्देश भेजते हो सचमुच?
अँधेरी रात में चन्दनवन में
लालटेन पकड़े उड़ आते हैं जुगनू
तुम्हें ढूँढ़ते हुए
और छूते हैं मुझे
क्या कहूँ कैसे
आसक्ति घेर लेती है हृदय को
कितने दुख दे जाता है
कितने कठोर हो सकते हैं
उसके नियम क़ानून
तब तुमसे मिलने को मना करना भी
नहीं है निरापद?

''तुम मुझे प्रेमी मानती होगी''
वो थी तुम्हारी शेष ज्वाला
तुम्हें लौटा दूँगी उन्हें
प्रेमी की वही भाषा
अब इतनी है आशा रह गयी

फिर भी तो,
तुम ढूँढ़ते फिरते हो मुझे
रात-रात मन्दिर के राजपथ की भीड़ में

जहाँ रुकी थी मैं
मात्र कुछ घड़ी के लिए!

बालू के भीतर वह
मेरा चूड़ियों का टुकड़ा नहीं—
कितने यक़ीन से तुम पहचान लेते हो मुझे!
—प्रेम भी आख़िर का स्वप्न है!
निस्तेज पड़ा था नगाड़े के हृदय में?

बजता है नगाड़ा
ताल-ताल में कैसे ख़बर देते हो मुझे
सात कोस की दुहाई तुमको
मेरा सर्वांग प्रकम्पित
और क्लान्त हृदय
केवल तुम्हें ढूँढ़ता है

तुम्हे मैं छूती हूँ
तुलसी की कोमल मंजरी की तरह
इन्द्रीय-तत्पर स्पर्श
उन्माद होता है

छः सौ वर्ष पुरानी पोथी खोलकर
कोई हमारे विवाह के मन्त्र पढ़ता है।

अमर्त्य

ये देश है सुन्दर लड़कियों का
यहाँ भी मन्दिरों में बजते हैं काँसे के घण्टे
और ताल देती है उत्ताल तरंग
फर के वन की छाया में हज़ारों मोड़...
सुनहरी धूप में उड़ती है हँसी और यौवन।

विभ्रान्ति में प्राचीन प्रेमी
नहीं जानते अब भी
मानसी का छूना लगता है मधुर या
मात्र एक पत्थर का स्पर्श!

मन ही मन में लिखकर रखता है
सफल या असफल, इस साल भर का आलाप?
तथापि समझ नहीं पाता
कैसे बीते हैं दिन प्रेयसी के अनुपस्थिति में
और कैसे समझा सके
नक्षत्र जैसा उसका
जलता-बूझता विचित्र स्वभाव

अब छाया नहीं है
काया है, मन है, प्रेम है, अरे प्रेम
माँग भी है अद्‌भुत

स्वप्न में आकण्ठ काया
अस्तित्व वाकदत्ता* की...

कोई कब प्रेमी था, सम्राट भी था,
नहीं समझती मानसी
जितने सहज थे प्रेम के वे स्वच्छ स्वर
इतनी है सहस्त्र बार चाहे प्रमाण उसका...
न थी मानसी तब
स्वर्गच्युत से आये हुए शब्दों की वाहिका केवल!

इस लग्न का अभिमान बहुत
यह मानसी क्या है अपरिहार्य?

सब कोमलांगी जैसे मानसी मानसी...
आधे लिखे उपन्यास की तरह
इशारों में बुलाती हैं कहाँ?
सन्ध्या की तरह
बुलाता है सम्मोहन।
जानती है मानसी सटीक
सच होती है उसकी सारी भविष्यवाणियाँ
अबोध प्रेमिका, क्यों तोड़ती है बन्धन
क्यों न माने तूफ़ान?

निर्बोध प्रेमी उसका रहता है देशान्तर
ढूँढ़ता रहता है प्रेयसी ऐसी
जो न मिले धरती पर?...

---

* वागदत्ता, वह कन्या जिसकी सगाई हो चुकी है

मल्हार

जूही तुम्हारी
मधुमालती तुम्हारी
तुम्हारी 'काठजोड़ी'
तुम्हारी अनबुझी अग्नि

मिल पाऊँगी तुम्हें
दो पल तुम्हारा भी लग्न जानकर

तुम मुझे देकर चले जाओगे केवल
नदी की दो बाँहों की बालू

शेष प्रहर रात के कदम्ब गलीचा
नहीं चाहती तुम्हारी नील निषिद्ध उपत्यका
प्रेम की स्लेट की तरह
आषाढी आकाश
आभासी कविता की पंक्तियाँ
आज भी रह जाती है बाक़ी—
प्रवाह में खो देंगे
अचानक अघोषित मिलन की बातें

तुमने बाँसुरी से बुलाया है मुझे
नीली रेशमी साड़ी जैसी कोमल तुम्हारी भाषा

इतने असमय?

रात्रि तुम्हारी, छद्मवेश मेरा
वर्षा तुम्हारी, परिणाम मेरा
तुम जानो, वही अबूझ इन्द्रधनुष
दो भाग कर देता है
बेदाग़ अस्तित्व

बदल रहा है सब
अन्दर ही अन्दर
अनेक मनाहियाँ और अनेक सत्यपाठ

नहीं लौटोगे, जानकर बहती हूँ
तथापि आओगे एक दिन
नदी में लौटती है लहर
छूते हुए तुम्हारी बाँसुरी मेरी आँखों को भिगोकर।
माधवी के स्नान से महकती है मिट्टी
अन्तरंग कुछ स्पर्श
विनिमय कर लेंगे
उस दिन शायद

तुम्हें लौटा दूँगी
काठजोड़ी, चन्द्रमा को साक्षी मानकर
स्फटिक बना हुआ
अधगढ़ प्रेम की सलज्ज छवि
प्यार भरी रात के बग़ीचे में
विरह को बारम्बार अस्वीकार
मदिरा में आसक्त घाट पर...

नारी सूक्ति

मनोनीत पुरुष वह नहीं है
यह बात वह भी जानता है.

रूप, ज़मींदारी नहीं
नारी स्वयं चाहती है सुपरुष—
जिसके स्पर्श में याद आये
लोरी गाने का कोमल कौशल
गोपन में भी
जो उसका आभूषण हो...
ऐसे पुरुष कहाँ
स्वयंवर जहाँ सम्भव
निरापद जिसका सान्निध्य?

दीपावली

अनेक-अनेक अमावस्याओं के अन्त जैसा
जो दीप जला था उस दिन
वहाँ सर झुकाती हूँ आज भी
रात्रि का अँधेरा चीरकर,
चला आता है दिन का शेष पत्र उसका—
'शुभरात्रि',
कौन न होगा विभोर, कहो तो!
व्यतिव्यस्त दिन
तब मेरी निशार्द्ध गहन
तथापि असमय
याद करता है वो मुझे
और एक भूगोल से
परिहास करता है,
"कैसी है तू?
और क्या-क्या नयी शरारतें?
नया क्या पढ़ा है,
क्या लिखा?..."
न जाने क्यों
भय लगता है
जैसे किसी ने लिख दिया है कोयले से
विच्छेद अवश्यम्भावी!
कौन बतायेगा मुझे

कितनी सदियों का अभिशाप माँगे
कितने सारे पुनर्जन्म
भय लगता है मिलन से
भयभीत हूँ मैं उसकी शून्यता से...।

नवरात्रि

लौटी है मानसी अभी उल्टे स्रोत में
चैत का चबूतरा, मतवाला निकुंजवीथिका
बाँध के मयूर पंख लगातार नवरात्र
मगन रहेगा मन का मीत

बैंगनी साड़ी और रजनीगन्धा का जूड़ा
डांडिया के ताल पर
रुक–रुककर
ढूँढ़ती है खंजनाक्षी
तैरती बिजली जैसी
देखकर भी अनदेखी बहाना
किसी और के आँगन में
फूल की तरह खिलने का भ्रम देती है।

पीतरंग रंगणी रातों के निःश्वास
प्रगाढ़ होता है उत्तरोत्तर
तब कौन खोजेगा आईना उस वक़्त
मन मानो मरकत मणि
अपने आप प्रकट
कोई जीता है क्या
ख़ुद के लिए इन रातों में ?

छन्दमय क़दम पर खोजी प्रणय
अतिपरिचित लगे अचीन्हा अचीन्हा
सब नदियाँ उल्टी दिशा में।
उत्ताल धारा में आती है महासागर की आशा
कम्पित होठों से गाये उत्तेजित उल्लास
मृदु-मधु हँसी—
द्रवीभूत जहाँ
क्षम्य कितने सारे पाप...।

झूम-झूम आवर्त में, मूर्च्छित होती है रात के परान्त में
कृष्ण हुए अन्तर्धान, निशार्द्ध की नीलिमा में
प्रथम तुषारपात
विरहिणी राधा के ललाट पर स्वेद
झीना-ख़ूब झीना वही प्रेम की कथा
प्राचीन प्रतिश्रुति
अनागत देववाणी
बीच में घटित हुई विस्मयकर प्रत्येक कहानी

अमिय का दाना बाँधे
गाँठ से सघन होते एवं
कोहरे में विलीन होते हैं
पुरुष के नक्षत्र
और नारी की नियति।

देवी

आसन्न सूर्योदय पढ़ता है
उदास आभा में
जरी का टुकड़ा, कटी-फटी कलियाँ, थोड़ा-सा शोल
फर्द-फर्द कर
मानसी ने लिखी है चिट्ठी, भरे अभिमान।

भोर वेला में कोहरे-सा सुबकना
काश-तण्डी से क़लम से लिखते हुए
इस जन्म की शेष चिट्ठी
लहू से भीगी हुई शहनाई।

झर जाता वेदना में रात भर का शोक
मन मीत न समझे
विसर्जन में खोया है
उसका रेशम-सा हाथ।

मानसी ने लिखी है चिट्ठी,
झाँझ और मृदंग के लय पर नाचते हुए
ऐसे उजाड़ दिया मुझे?
शहर की गलियों में,
हर दीवार पर
सभी को कानों-कान यह ख़बर

आज होगी प्रेयसी की आडम्बर से विदाई।
शोभायात्रा में, नदी किनारे
सलिल हृदयखेल।
समाप्त हुए थे मानसी के शोड्श शृंगार!

आश्विन का आश्वासन था
उसकी आँखोंभर
लौट गयी निर्विवाद, इस बार भी अकेली-अकेली।

मृण्मय मानसी की काया
सजायी है प्रियतम ने
मन्दार फूल के रंग की साड़ी, गढ़े अलंकार
बोल दिया हाथ जोड़े...
'इस जन्म में देवी तुम मेरी,
कर दोगे विवश को क्षमा।
इस धरती पर बन्धन अनेक
प्रेम नहीं अनुमोदनीय।'

मानसी ने फाड़ दी हैं
सब गोपनीय चिट्ठियाँ
न किसी से सम्भाषण
न किसी का ठिकाना भी वहाँ
चिट्ठियाँ सब राजपथ पर
नहीं जाने मनमीत
उन शब्दों की धारा।

कार्तिक*

इतना भी स्वाभाविक नहीं
मुझे याद करना
सागर तट के बाज़ार में
जब सूर्यास्त की चम्पक महके
केसर सुगन्ध
माणियाबन्ध का पटवस्त्र
भग्न भास्कर्य का खनिज
उस समय उसका उत्सव
या यौवनवती नर्तकी की मादकता
समतालिक...।

अथच पवन में, रेत में आन्तरिक भाव से उस दिन
बुलाया था मुझे उसने
और सुन रहा था अपनी उत्कण्ठा की प्रतिध्वनि
कोमल, इच्छा का इश्तहार
नीलाभ, सबूझ, सम्मोहित लहरें।

उसके हाथों में एक छोटा-सा चित्रित बटुआ मोती भरा

---

* एक ओड़िया मन्त्र, पवित्र कार्तिक मास में ओड़िया पूर्वज जो व्यापार के लिए सुदूर जगहों पर समुद्री यात्रा पर जाते थे, उनके परिजन उनको कुशलता से लौटने की प्रार्थना के साथ विदाई देते थे, उस परम्परा की स्मृति में इस मन्त्र को कार्तिक मास की पूर्णिमा को गाया जाता है।

अश्विन का आशान्वित मध्याह्न
समुद्र का सुसंवाद गोपनीय रख

बूँद-बूँद प्रेम का तूहिन खुमार
उसकी प्रांजल इच्छा
उसके हृदय की विवशता...।

हज़ार, हज़ार कोस दूर और एक सामुद्रिक सीमा
क्या रहस्य,
उत्तर पुरुष को जोड़े हाथ
मेरी उदास आत्मा
"आ का माँ वै..."
बह जाते हैं मेरे जलते दीप
कदली-पटुआ में।

मोतीवर्ण की निर्मम शुभ्रता
मेरे आँचल में
जहाँ आन्दोलित है उसका प्रेम—
लवंगद्वीप के सौदागर
मुझे छूकर पूछते,
कौतुक से
"क्यों छुप गयी तुम्हारी तितलियाँ सब?"
क्या उत्तर दूँगा मैं तुम्हारे
पान सुपारी के मौसम में?
तुम्हें भी सतर्क नहीं किया
तुम्हारी छोटी रक्षक तितली ने
कि इस साल बाढ़ भी आ सकती है एक बूँद प्रेम में...!

क्यों इतने प्रश्न भी—
निरर्थक
तुम्हारे भीतर
निर्वाक्क्, निश्चल... ?''

उदयराग

उसके हाथों में
जब तक दक्षिणमेघ के माणिक्य
तब तक उसके आवेग निरन्तर
भाव में चलप्रचलता
आह्लाद की छाया में

बाहर है चाँदी जैसी वर्षा
और उसकी अनवरत् अभिलाषा
काँच की खिड़की के उस तरफ़
चाँदनी रात के क्लान्त अभियोग
कोहरा सा कोहरा था
घने देवदारू में
स्वप्न का सान्निध्य

उसके बाजुओं के बन्धन में
नाच रहा था छन्द में
मेरा मोह, मेरा मोक्ष
उतर आयी थी उसके
खुमार भरे भँवर के अन्दर
जहाँ निरापद,
मेरा स्वच्छन्द असम्भव नृत्य
सूरज के आनन्दाश्रु कितने कोमल उस दिन!

सुहागिन स्पन्दन सब
उस समय
चुम्बनचिह्न निर्वाक् दीवारों पर
लबे से वराण्डे के शीशों पर मदालसी नींद

उस दिन मध्याह्न
एक अभिसार का
उस दिन तर्जनी में लगा था क्षत सौकौमार्य का
उस दिन ही जैसे मेरा प्रथम सम्भोग
अयमारम्भ में एक स्थायी सम्बन्ध।

तुम्हारी मानसी

तुम्हारा गोपनतम अभीष्ट
तुम्हारी मानसी
जिसका हिस्सा है सब कुछ में

तुम्हारे स्पर्श में
जिसका
शत-प्रतिशत अधिकार।

अतिराजसी है तुम्हारी मानसी
छूते ही मूँद लेती हैं आँखें
उठती है तुम्हारी आवाज़ से
और सोती है तुम्हारे होठों पर।

कमल ला दो मुझे
माँगती है तुम्हारी मानसी
कहती है, पढ़ लो मेरे पत्र
उस कमल की सहस्राखी से।

तुम्हारी परम अतिथि
तुम्हारी मानसी
नहीं समझती वह कई सालों की अपेक्षा जलन
वह माँगती है मालती-कुंज

तुम्हारे सारे बदन पर
वह माँगती है
अन्धकार तुम्हारा,
माँगे अभिसार
तब भी वादा नहीं करती
कि ठहर जायेगी तुम्हारी बाँहों में जन्म-जन्मान्तर।

महानगरी की मानसी

बन्धु मेरे
पूछ लिया मुझे
ख़ूब मृदु स्वर में
'इतनी सी दूर क्या मैं तुम्हारा हाथ थाम सकता हूँ?'

उस समय धूसर मद्धिम वर्षा
प्रेम से भी गहन,
निश्चय ही कुछ आया था
उस रात के प्रथम प्रहर में।

उसने मुझे छूकर कहा
बस इसी जगह ही उन लोगों ने मुझे आहत किया था
लगभग इसी समय
और उन्होंने शर्ट फोल्ड करके दिखाये
बाहों और होठों पर दो गहन क्षतचिह्न
बीस साल पुराने—
एवं कहा,
यहाँ मैं आया हूँ इतने सालों बाद
और ऐसे लगता है
क्योंकि तुम हो, मुझे कोई भय नहीं
कितनी आश्चर्य की बात है, कहो तो?
मुझे तुम्हारा रक्षक होना

ज़्यादा शोभा देता
नहीं ?

नारी पुरूष के स्पर्श में व्याकुलता न होना
आजकल सम्भव
सरल जीवन कम पाप करता है!

मैंने रास्ते के किनारे से कामिनी फूल तोड़कर
उन्हें दे दिया
और कहा,
'पार्क स्ट्रीट में मालन को
फूलों की टोकरी ले जाता देखकर
मेरा मन एक चमेली की माला चाहता था
पर तुमसे कहा नहीं!'

एक बार फिर, महानगर
यहाँ पर ही देर रात निर्भयजाल रखा जा सकता है

हमारे स्वप्न और सामर्थ्य।

दूर-दूर

लगातार काँच के दरवाज़े
स्फटिक साँझ
मछली जैसी आँखें सब
फिसल जाते,
खुल जाते, बन्द हो जाते
जुड़ जाते हैं
सच और संशय के सात पक्ष
इसी के अन्दर हमारा विच्छेद...।

छाया छूती है छाया को केवल
भूल जाते हैं इहकाल
कि हम नहीं थे कुछ भी एक दूसरे के
न था सात प्रदक्षिण*...।
सुबकना निरर्थक
माँग अवान्तर
भूल जाते हैं, छुप जाते हैं
अद्वैत आवेग।

हमारे भीतर कितने सारे संसार
और हमारा एकान्त स्वप्नकहय**

---

* धार्मिक चक्र, ** स्वप्न क्षय

धूल जैसी, ओस-कणों की तरह
प्रेम ठोस हो जाता है, धुल जाता है...।

एक स्वच्छ दीवार के उस पार
उसके काँपते होंठ
जो छुपाते, उसके आग्नेय आश्लेष।
उसकी सजल आँखें
जो स्पष्ट देख पाती हैं
निश्वता की प्रतिछवि।
चार अँगुलियों की दूरी में
आकांक्षित रह जाते हैं इप्सित जो स्पर्श!

उसकी बाँहों में वर्षा जैसे आँसू
वही संगीत वह दोहराता है
धीरे-धीरे, नीरव में
जैसे एक अन्तहीन दुख।

समुद्री ज्वार में
वह बह जाने के बाद,
रात-दर-रात—
उसे बार-बार सपनों में पाना
और दिल का बैठ जाना
शीतल जड़ता का संचरण
क्या यह सब झूठ है?

सब कुछ प्रवाहमान, सब स्थितिहीन
समुद्र में तैरता हुआ

एक अबूझ उपद्वीप
सेतुबन्ध पर
उनकी स्वीकारोक्ति
जुड़ती है इन्द्र-धनुष जैसी
सारी स्मृतियाँ गोपनीय।

चौदहवीं मंज़िल से

कितने शीतल
और कितने विच्छिन्न
तुम उस दिन
जब दूर चले गये
कंक्रीट के पचास-फीट ऊँचे दो खम्भों के अन्दर...।
तुम्हारी बाँहों जैसे
वे निर्लिप्त, मुझे पहचान नहीं रहे थे...।

वही सबूजिमा पार्वत्य अपराह्न में
हमारे बीच अविश्रान्त नीलिम वर्षा
मेरी अश्रुल ऊष्मता
तुम्हारे पाँवों में
उस दिन भी शैवाल बनकर
ठहर जाने को चाहता था, मेरा अभिसार...।

मगर तुम रहते थे अपने देशान्तर में
भीग रहे थे, अपने कोलाहल में
अनकही उदासी में सुबक रहे थे अकेले अकेले
प्रेम के सात-संकेत
न थे पर्याप्त उस दिन।
सिमट जाती थी चाँदनी रात
चौदहवीं मंज़िल की चट्टानों से।

जब मैं मिली तुमसे
सौ-सौ वर्षों की प्रतीक्षा के अन्त में
तुम कैसे ले आये, वैसे लग्न में
इतने विपर्यय?

भयहीन भँवर में मेरा विसर्जन,
कैसे बदल गये तुम
एक प्रेमी नहीं बनना चाहता था
असहाय, अपरिचित
अंशावतार।

चिलिका

लौट जाते है राजहंस
मृत मूर्च्छना से भरा तमाम आकाश
जैसे सब कुछ ले जायेगा
अब यह
ज्वारीय दक्षिणा पवन।

पत्थर बने खड़े हुए हैं
'भालेरि-सालेरि'*
मानो पोताश्रय के पैदल-सैनिक
चिलिका नामक चाँदी की सीपियों के
विनिद्र प्रहरी
कितनी सदियों से
उस 'जलनगरी' के सीमान्त में।
सिसक रही है बूढ़ी वरुनेई**—
माणिक-पटना के ग्वालबाल
कब कन्धों पर लेंगे
चिलिका का भार
श्रीजगन्नाथ की रत्नजड़ित अँगूठी की तरह
यह ख़ास जल-खण्ड—
और मान रखना होगा

---

* भालेरि-सालेरि, ** वरूनेई = चिलिका में स्थित पहाड़ों के नाम; साधवाणी = समुद्री व्यापारी, साधव की पत्नी।

आसपास के कितने गाँवों का।

काले सफ़ेद घोड़े पर सवार होकर
कभी देखा है कहीं पर
देवलों के दिगन्त से झपट आते
दो देवता
द्विपहर में एक साथ?
जानते हैं वे हंस
उनके आछन्न आँखों में अंकित
लाखों लोककथाएँ।
'घण्टशिला' के चौपाल में
रात बीत जाती है
पीढ़ी-दर-पीढ़ी
लौट जाते हैं परिव्राजक होकर।
चिलिका छोड़ चले जाते हैं हंस
अगर गिरे हुए पंख मिल जाते
पढ़ोगे—
कह कर जाते हैं हमें
हमारी कहानी ही वे लोग...।

इन दशकों में
कितनी बदल रही है चिलिका
माफ़ियाओं की मरी मछलियों की गन्ध से
सब जैसे नमक-सा
सभी में आँसुओं से भीगा हुआ अनिश्चयता
पिघल जाते हैं नलवन के गलीचे
और नहीं रहा चीतल हिरणों का वह छोटा गाँव

कौन जाने लौटेगी भी या नहीं,
हज़ारों वर्षों की ख्याति,
इन कोमल प्रवासी पक्षियों की!
चिलिका जैसे
हज़ारों अतीत की एक किवदन्ती!

कौन कहेगा कभी
'साधवों' का गाँव था यहाँ
बारहहाथी साड़ी की बाँसुरी
ले के मगन होती थीं साधवाणी चिलिका।

कालिजायी

मुगुनीवंश की एक युवती
रक्तलाल पल्लू में आभूषणों में जकड़ी हुयी।

उसे अच्छा नहीं लगा था
मेहँदी के दिन का वह अपदार्थ वर—
उसे अच्छे नहीं लगे थे
उस दिन उसके बकुल ने एकान्त में पूछा था—
वह कैसे भूल पाती अपने सखा को?

रिमझिम बारिश उस दिन
तितली की तरह सपने
अपने गाँव छोड़ कुछ दूर आये
और फिर लौट गये,
इस बार अनन्तकाल में।

नलवन और भी गहराता अँधेरा
जब चाँद उग रहा था बालचन्द्रमा
अकेले, निर्जन में
पिता के लगाम जैसे, आकाश में आँधी और वज्रपात
उसके भाग्य में मेघ अचानक।
उसने कहा, चिलिका से
अगर, और कभी नहीं सुन पाऊँ

"जूही जैसी महके तेरी देह"
क्या लाभ झिलमिलाते चिलिका में
इतने सारे दर्पणों का?
निश्चित निसंगता
विकल्प में, गहन आवर्त केवल?

नवोढ़ा नारी जैसे कभी-कभी
'डायन' भी बन जाती
भविष्य की कथा कहती है
ईश्वर से सम्पर्क प्राप्त करती है यह नारी सहज ही।
जो पुरुष को नहीं चाहती पूर्ण सम्मति से?

दो द्वीपों के बीच अन्धकार
और अँधेरे में खो गया वह सूत्र
कहाँ रहे फिर उसके घरवाले पिता और पति के?

फिर भी उसके आँसू झरते
माझी सुनी-सुनाई बातें करते हैं
अबूझ रोना सुबकना, कोई 'जाई' सा!

कभी-कभी एक सफ़ेद छाया चलती है प्राचीन झील पर,
और उसकी आँखों के आँसुओं से
चिलिका बनी खारी
कितनी सारी युवतियों के आँसू है यहाँ
धीरे-धीरे यह मीठी झील समुद्र बनती जाती है।

निषेधनामा

झूठी बातें,
कौन मरता है किसी के लिए?
कौन बदल जाता है
सान्निध्य में
न ही कोई रुक पाता है मृत्यु तक
प्रेम अथवा विफलता में—

आलोकित आभास में
घोषणा कर सकता है माइक पर

प्रेम के सम्बन्ध में
उसका दीर्घ अभिभाषण
एक बार भी अचेत न हो कर
आलिंगन कर सकती है मानसी
शत्रु पक्ष की उपत्यका में
निर्भय।

किन्तु,
तमाल कुंज की ईषत् स्वच्छ निर्जनता में
वो तुम्हारी आवाज़ सुनती है
और अनसुनी कर देती है
इरादतन हृदय तोड़ती भी है

उसकी संक्षिप्त स्मित की सीमान्त में
रहने नहीं देती अवसर सामान्य रहने को

आमन्त्रण नहीं करती
मिलने उसके निषिद्ध अन्त:पुर में।

अथच, रहती है मानसी
जब तुम होते हो देशान्तर में, अनजानी भीड़ में
आधी रात की बर्फ़ीली हवा में
नींद तोड़ती है सुदूर बन्धुओं की
और निर्देश देती है
करने को तुम्हारा स्वागत
अमलिन सुगन्धित फूलों से

फिर भी न मिलती मानसी
छलना के धूप छाँव में
न कभी रहती है मानसी
किसी के कक्ष में
या किसी की वक्ष में
मुगुनी* मुरली
अभ्यास करती रहती है
सुदूर से
अन्तहीन गीत से।

मानसी और तुम्हारे भीतर
एक अभेद्य शून्यता की प्रतिध्वनि सुनायी देती है।

---
* मुगुनी = ग्रेनाइट

तथापि

मैंने कहा,
अनेक दिनों के बाद
तुमने आज हँसाया है मुझे
शायद
महीनों के बाद।
रोशनी की आँखमिचौली में मैंने देखा
आँसू की एक बूँद तुम्हारी पलकों पर
तुम ईश्वर नहीं हो कि
मेरा भाग्य बदल दोगे।
तथापि मैं तुमको बार-बार बोलती रहती हूँ
मेरी कृतज्ञता की उपलब्धि सब।
मैं तुम्हारी दुर्बलता बन चुकी हूँ
तुम मेरे दुखों को निश्चिह्न कर देना चाहते हो
तुमने मेरे हाथों को स्पर्श करके छू लिया है मेरा हृदय
तुम तो जानते हो
मेरे एक एक हँसी के नीचे रिक्त
एक एक अश्रुबिन्दु
अश्रुबिन्दुओं के भीतर
मेरे परम प्रत्यय
बहुत कुछ ऐसे ही रहता है जीवन में
नहीं समझा जाता
प्रकृति के नियम।

विश्वास बड़ी बात,
प्रेम से भी बड़ी
जीवन के निश्वास जैसी विकल्पहीन
सुख और दुख से परे।

सिराज

तुम्हारा क़त्ल होने तक
यह मालूम न था सिराज
कि तुम्हारे दमकते चेहरे पे
निन्यानवें बार अस्त्राघात कर सकता है कोई
किसी कठोर कालान्तक जैसे
समवेत साक्षी सब
लेहन कर रहे थे सद्य-तारुण्य की श्रोणित
एक नवाब की विखण्डित मृत देह
राजधानी के राजपथ पर
अँगूठे की नोक पर खड़ा मूर्त-विमूढ़ समय
मारक वह भयानक दृश्यपट
उदरस्थ नहीं कर पा रहा था अनभ्यस्त समुद्र।

कुरान छूकर अपमानित किया था
सारे कौम को धोखेबाज और बर्बर मीर जाफ़र
बेईमान क्या शोभा पाता है
तुम्हारी मसनद पर, ओ सिराज?
फोर्ट विलियम के कलंक से अधिक
लांछित
कम्पनी बहादुर क्लाइव का कलकत्ता दख़ल

लेकिन, हे सिराज!

कहाँ कितनी बार जन्म लिया तुम्हारी मानसी ने
भारत जैसे मन्थित मानचित्र पर
मिला नहीं तुम जैसा योद्धा
जो एक दिन फिनिक्स की राख से
जाग उठेगा, वह सोचती है
फिर प्लासी में
भागीरथी तट का वह दुर्भाग्य
नदी का शरीर
सो गया था एक झील की तरह।

उम्र तुम्हारी मात्र बीस साल
१७५७ साल का वही बरसात में भीगी रात की प्रताड़ना।
निराशक पवन
कैसे उँगलियों से बिखेर देती थी,
सुरमई रंग के बादलों को।

रणभूमि के विलम्बित सारे शब्द
और तुम्हारी रूपहली शब्दहीनता
विव्रत फूलों के नर्म हाथों से
झरते थे शिशिर के लांछित लोतक
(कालभैरवी की तरह मीर जाफ़र
ध्वंस कर रहा था एक निर्जन कोठरी की तन्मयता।)

क्या तुम्हें पराजित करना सम्भव था, सिराज?
तुम तो तीन किनारे वाली नाव में भी अतिक्रम कर सकते हो
तेरह नदियाँ, सात समन्दर।
१७५७ के प्लासी और ठीक सौ साल बाद मेरठ

आठ सौ मील मात्र—
विदेशी ब्रिटिश और कितने जीत पाये, कहो तो!
तुम्हारे बूँद-बूँद रक्त क्षरण में जैसे प्रतिशोध का प्रज्ज्वलन
सिपाहियों ने विद्रोह किया, उसी बंग-देश से—
क्लाइव की स्वर्णमुद्रा में छवि रही और कितनी देर?
दो सौ साल बाद, भारत की स्वकीय मोहर
ये सब नज़र का धोखा नहीं तो और क्या?

शताब्दियों के संचित जलज उद्‌भिद् और मोती की माला लेकर
कितनी बार मिले थे तुम मानसी से!

अभी भी मानसी लौटती है
प्लासी के परित्क्यत मैदान में
अभिशप्त एक असमाप्त शोकगीत की तरह
जैसे कि सचमुच मिटा पाओगे तुम सदियों की कालिमा
और चमकेगा मसनद तुम्हारा।
पवन जड़ सी, छाया खड़ी है
बाँसुरी झूलती प्रतीक्षा की पादपशाखा में।
डूबी हुई रणपोतमाला को
फिर से सलामी देने की इच्छा।
अनुतप्त आततायी सब
तुम्हें सम्मान देकर
प्रस्तुत करेंगे एक समुचित
स्मरणीय स्वर्णमुद्रा।
उल्टे स्रोत में लौटता है सत्तान्ध वणिकवर्ग का लोभ—
एक तुम ही इतिहास का प्रायश्चित हो, सिराज!
एकाकी अपरितृप्त एक अभ्युदय!

चाहा नहीं था, ऐसे याद रहो तुम

चाहा नहीं था, ऐसे याद रहो तुम
जहाँ भी रहो

एक बसन्त जैसा प्रेम
और वैशाख जैसी उसकी कठोर कहानी।

विच्छेद से और भी व्यथामय
प्रणय में कपटता
मेरी अनकही सुबकियाँ जैसी
ऋतु भरे बारिश की बूँदें

काशवन के भीतर कणसमान
आँसू बन गये
पानी की घनी धार
न जाने कब

एक-एक बालीगरड़ा कंकर
जैसी घनीभूत स्मृतियाँ
तुम्हारे आलिंगन की मादकता की
अभिनय की
तिक्त अवांछित जितने सारे उपहार...

समय आता है
और रख जाता है
एक वास्तव क्षण
जब परख लेने को बाध्य होती है आत्मा
आत्मा के साथ सँजोग सब—
सँजोग नहीं तो और क्या
प्रलोभन सब इन्द्रियों की बातें
समय के नियन्त्रण
प्रतिकूल पलों में दम्भ रखने का जो सामर्थ्य
हृदय सँभाल पाये?

इसलिए हृदय सभी के लिए नहीं
तुम मस्तिष्क का खेल खेल गये
मैं मस्तिष्क की दृढ़ता में खड़ी रही
हृदय भंग की कथा
कोई नहीं जानता

हृदय अभी भी रोता है
अभी भी शिथिल लगता है
वही अभूला अवसाद में
अभी भी लहू पानी होता है
पानी आँसू पोंछकर बह जाता है।
माटी की अपहंच गहनता को
तुम्हारी और मेरी कुछ सुखमय स्मृतियाँ
अब भी कातर करती हैं।